Analyse de l'œuvre

Par Pierre Weber
et Florence Balthasar

Le Père Goriot

de Balzac

Rendez-vous sur lepetitlitteraire.fr et découvrez :

Plus de 1200 analyses
Claires et synthétiques
Téléchargeables en 30 secondes
À imprimer chez soi

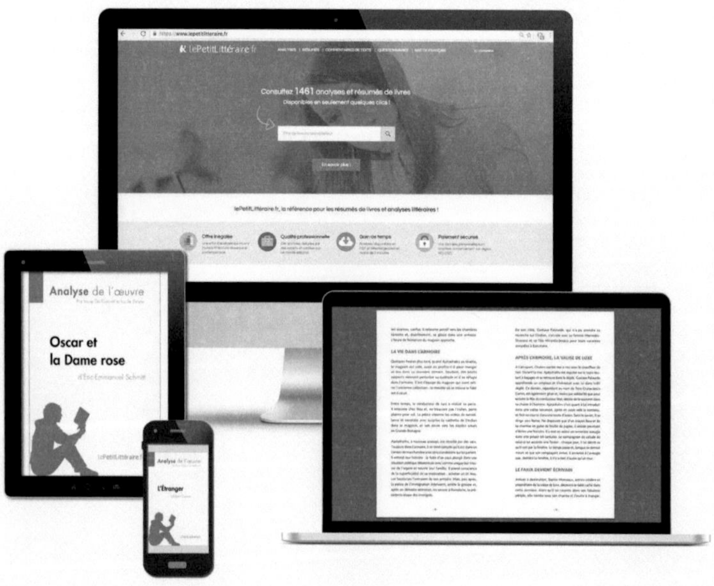

HONORÉ DE BALZAC

ÉCRIVAIN FRANÇAIS

- **Né en 1799 à Tours**
- **Décédé en 1850 à Paris**
- **Quelques-unes de ses œuvres :**
  - *Les Chouans* (1829), roman
  - *Eugénie Grandet* (1833), roman
  - *Les Illusions perdues* (1837-1843), roman

Honoré de Balzac est l'un des écrivains français majeurs du XIXe siècle. Jeune homme, il s'ouvre les portes des milieux aristocratiques parisiens qu'il ne cessera de fréquenter. Mais des entreprises désastreuses et un train de vie excessif le ruineront rapidement : l'écriture littéraire, pratiquée avec passion et assiduité, deviendra pour lui le seul moyen de rembourser ses dettes.

Ambitieux, il s'attèle à une œuvre monumentale, *La Comédie humaine*, qui compte plus de quatre-vingt-dix romans, et dont le but est de dresser un portrait exhaustif de la société de son temps (pour « faire concurrence à l'état civil »). Parmi ses romans les plus célèbres se trouvent *Eugénie Grandet* et *Le Père Goriot*.

Balzac est considéré comme l'un des pères du roman réaliste moderne.

LE PÈRE GORIOT

UN CLASSIQUE DU RÉALISME

- **Genre :** roman
- **Édition de référence :** *Le Père Goriot*, Paris, Larousse, coll. « Petits classiques », 2007, 336 p.
- **1ʳᵉ édition :** 1835
- **Thématiques :** paternité, ascension sociale, complot, meurtres, société française du XIXᵉ siècle

Le Père Goriot, publié en 1835, rencontre un succès immédiat et assoit les bases de *La Comédie humaine*. Tous les ingrédients du roman balzacien sont présents dans cette œuvre. Ainsi, elle inaugure le principe du retour des personnages et comporte tous les éléments spécifiques à la plume de Balzac : descriptions précises, passions dévorantes, jeunes héros et belles femmes du monde, bandit menaçant l'équilibre, argent et drame qui bouleversent les consciences.

Le Père Goriot est avant tout le récit de l'éducation, tant sociale que sentimentale, du jeune Rastignac et du destin tragique du père Goriot.

RÉSUMÉ

L'action se déroule à Paris, en 1819, à la maison Vauquer, une pension sordide et bon marché où vivent une dizaine de personnes issues de tous milieux (étudiants, vieillards, jeunes filles, etc.). C'est là que réside Eugène de Rastignac, un jeune étudiant en droit tout juste sorti de sa province.

Ambitieux, Rastignac cherche le moyen le plus sûr d'assurer son ascension sociale, retenant deux voies possibles : celle de l'intrigue amoureuse et politique, ou celle de l'étude et du travail. Il se met en contact avec sa cousine, la vicomtesse de Beauséant, pour intégrer les salons parisiens. Parallèlement, il est intrigué par deux des pensionnaires : Vautrin, dont les activités nocturnes lui paraissent suspectes, et le père Goriot, vieillard ruiné et discret, que l'on soupçonne d'entretenir des maitresses.

Rastignac rencontre la comtesse Anastasie de Restaud et la baronne Delphine de Nucingen, qui se trouvent être les filles du père Goriot. Rastignac apprend ainsi l'histoire du vieil homme, ancien vermicellier qui a fait fortune, mais qui a dû se retirer après avoir marié ses deux filles. Il s'est ruiné pour elles, cédant à tous leurs caprices, ne recevant en échange que du mépris.

Vautrin, de son côté, devinant le caractère ambitieux de Rastignac, lui prodigue des conseils cyniques pour assurer sa réussite. Il lui propose de séduire Victorine Taillefer, une demoiselle de la pension reniée par sa riche famille, puis de faire tuer son frère afin que sa famille soit obligée de la reprendre sous son aile. Elle deviendrait alors un excellent parti et épouserait Rastignac. Cette opération rapporterait une fortune, dont Vautrin exigerait une part. Assailli de doutes, Rastignac se refuse à transiger à ce point avec sa conscience et rejette en bloc l'offre de Vautrin. Il choisit de séduire Delphine de Nucingen, malheureuse en mariage, et y parvient.

Grâce à sa relation avec Delphine, Rastignac se lie d'amitié avec le père Goriot, qui trouve là un moyen d'être plus fréquemment en contact avec sa fille. Le vieil homme achève de se ruiner pour la tirer de ses problèmes d'argent et pour offrir à Rastignac un appartement décent où les deux amants pourront vivre tranquillement leur amour adultère.

De son côté, Vautrin n'abandonne pas son projet et, à force de ruses, parvient à forcer la main à Rastignac. Mais il ignore encore que deux autres locataires de la pension lui ont tendu un piège pour l'arrêter, la police l'ayant reconnu comme étant Jules Collin, surnommé Trompe-la-Mort, un forçat évadé au lourd passé criminel. Juste après avoir fait tuer le frère de Victorine Taillefer, alors qu'il se réjouit de son succès, Vautrin est arrêté.

Pour le père Goriot, les choses se précipitent. Alors qu'il s'apprêtait à profiter de l'appartement de Rastignac, ses filles Delphine et Anastasie l'accablent en se disputant et en lui révélant de nouveaux besoins d'argent, notamment pour un bal très en vue que donnera Mme de Beauséant. Rastignac paie pour Goriot, après quoi les deux filles abandonnent leur père.

Blessé par l'égoïsme et la détresse de ses filles, Goriot est en proie à des émotions qui le laissent mourant. Tandis qu'il agonise sur son lit de mort, ses filles sont au bal. Il finit par mourir dans l'indifférence quasi générale, après avoir tour à tour accablé de reproches, puis couvert d'excuses ses deux filles. Rastignac, qui le veille presque continuellement, voit ses dernières illusions disparaitre avec lui.

Lors de l'enterrement du père Goriot, seuls Rastignac et Christophe, l'homme à tout faire de la maison Vauquer, suivent le convoi. Après la cérémonie, Rastignac contemple Paris du haut du cimetière du Père-Lachaise, et lance en guise de défi à la capitale : « À nous deux maintenant ! »

ÉTUDE DES PERSONNAGES

PERSONNAGES PRINCIPAUX

Eugène de Rastignac

Eugène de Rastignac est un jeune étudiant en droit, tout juste débarqué de sa province. Intelligent, adroit et ambitieux, il est bien armé pour réussir. Sa beauté physique est le reflet de la noblesse de son âme : il arrive avec les meilleures intentions à Paris, prêt à fournir tous les efforts pour faire carrière dignement. Il réalise pourtant rapidement que, pour avoir une vie à la mesure de son ambition, il devra compter sur les relations et les intrigues.

Rastignac se cherche alors des modèles à suivre dans sa vie. Tour à tour, différents personnages vont lui servir de guides, chacun représentant un aspect de la réalité :

- **Mme de Beauséant**, sa cousine, lui permet de s'introduire dans les milieux mondains de Paris. Elle lui dévoile une vision lucide et pragmatique de la société de l'époque, sans perdre sa grandeur d'âme. C'est elle qui propose à Rastignac de séduire Delphine de Nucingen. Elle représente une forme d'équilibre que Rastignac s'efforcera d'atteindre ;
- **Vautrin** est l'image du père diabolique. Il défend une vision extrêmement cynique et pessimiste de la société, où l'égoïsme et l'appât du gain règnent en maitres. Pour s'assurer la réussite, tous les moyens sont bons, y compris la corruption et le meurtre. Vautrin affirme d'ailleurs accorder peu de valeur à la vie humaine ;

- **le père Goriot**, quant à lui, est l'image du père bienfaisant. Il incarne à la fois l'ingéniosité de la réussite marchande et, surtout, la loyauté, la force de l'engagement paternel et le dévouement aux siens.

S'il se laisse influencer par ces personnages et remodèle sa vision du monde à leur contact, Rastignac parvient rapidement à intégrer l'essentiel de leur enseignement pour ensuite le dépasser et s'élever au-dessus de la mêlée. Le texte fait d'ailleurs clairement allusion, à plusieurs reprises, à sa réussite future.

Le père Goriot

Le père Goriot est une figure monomaniaque : il incarne la passion de la paternité absolue. Lui, qui a fait fortune dans le commerce, a cessé toute activité pour ne plus être qu'un père, entièrement dévoué à ses filles. Elles sont sa seule raison d'être, à tel point qu'il est prêt à se sacrifier pour leur être utile ou agréable.

La manière dont il meurt, dans la pauvreté et l'indifférence, abandonné par ses filles qu'il a tant choyées et protégées, en fait une figure presque christique. Mais au-delà de sa générosité, la passion de Goriot pour ses filles a quelque chose d'excessif. L'amour qu'il leur porte est étouffant, possessif : on peut dès lors comprendre qu'elles essaient de lui échapper d'une manière ou d'une autre. Il a également un côté fétichiste, visible notamment lorsqu'il réclame à Rastignac le gilet sur lequel Delphine a pleuré, voire presque incestueux quand il souhaite occuper une partie de l'appartement de Rastignac, pour jouir par procuration de sa relation avec Delphine.

Vautrin

Alors que le père Goriot est une figure presque christique, dans ce qu'elle peut avoir d'ambigu, Vautrin est, de son côté, une incarnation du mal. Calculateur machiavélique, c'est un criminel en fuite qui n'hésite pas à usurper de fausses identités, prêt à tout pour parvenir à ses fins. Quand sa véritable identité est révélée, que sa perruque lui est arrachée, on découvre ses cheveux roux, allusion aux flammes de l'enfer (la rousseur a longtemps été considérée comme un signe d'appartenance au démon).

Vautrin est aussi un séducteur qui sait se faire apprécier des pensionnaires de la maison Vauquer, au point de les rallier à sa cause lors de son arrestation. Quant à son intérêt pour Rastignac, il peut s'expliquer de plusieurs manières :

- il y trouve un intérêt personnel quelconque, que le texte ne permet pas d'identifier ;
- il prend du plaisir à « écrire la destinée de Rastignac », à devenir maitre de sa vie comme un auteur qui écrit l'histoire d'un personnage (il y a donc là un parallèle entre Vautrin et Balzac) ;
- il obéit à une attirance homosexuelle, suggérée de façon ténue dans le texte.

PERSONNAGES SECONDAIRES

Mme de Beauséant

Lointaine cousine d'Eugène de Rastignac, Mme de Beauséant l'aide à faire son entrée dans le monde. Elle invite le jeune homme au bal qu'elle donne et lui fait découvrir le faste de la haute société.

De simple lien généalogique, les rapports entre elle et Rastignac évoluent en une relation de confidences et de conseils. Elle le prend sous son aile et l'initie à un monde nouveau. Dans cet univers où règnent l'apparence, les apparats et la duperie, Mme de Beauséant se démarque : elle apparait comme une « illustre femme, la plus poétique figure du faubourg Saint-Germain » (chapitre I). Passionnée, elle se retirera de la capitale suite à son abandon par son amant adoré, le marquis d'Ajuda-Pinto.

Delphine de Nucingen

Fille du père Goriot, Delphine de Nucingen est mariée au baron de Nucingen, un homme avili par l'égoïsme et l'argent, qui s'approprie tous ses biens pour ses affaires et son intérêt. Delphine est malheureuse dans ce mariage, et trouvera dans sa relation adultère avec Rastignac un souffle nouveau.

Le personnage oscille entre une certaine noblesse d'âme, faisant parfois preuve de sentiments sincères et désintéressés, et un asservissement complet au paraitre (Mme de Beauséant déclare ainsi « Madame de Nucingen laperait toute la boue qu'il y a entre la rue Saint-Lazare et la rue de Grenelle pour entrer dans mon salon », chapitre I). Plutôt que d'être aux côtés de son père mourant, elle préfère se rendre au bal ; elle n'assistera pas non plus à l'enterrement.

Anastasie de Restaud

Lors de ses premiers pas dans le monde, Rastignac tombe sous le charme d'Anastasie de Restaud, cette jeune femme devenue à ses yeux « la femme désirable » (chapitre I).

Fille ainée du père Goriot, Anastasie a toujours aspiré au monde aristocratique. En choisissant le comte de Restaud comme mari, elle accède à cette classe sociale et s'éloigne de son père au point que la simple évocation de son nom fasse tomber en disgrâce celui qui le prononce. C'est d'ailleurs ce qui détournera Rastignac de la conquête d'Anastasie. Comme Delphine, Anastasie ne sera ni présente aux côtés de son père mourant, ni à l'enterrement de ce dernier.

Victorine Taillefer

Victorine Taillefer est une jeune fille déshéritée par son père. Elle vit à la pension Vauquer avec Mme Couture, une veuve qui lui sert de mère de substitution. Rejetée par son père, elle affiche une tristesse infinie qui la marque physiquement : elle est d'« une blancheur maladive » et a « un air pauvre et grêle » (chapitre I). Le narrateur remarque pourtant que, avec un peu d'amour, elle pourrait compter parmi les plus belles jeunes filles. Dans la pension, elle contraste avec la plupart des pensionnaires par sa dévotion religieuse, sa candeur et sa bonté d'âme.

Sa situation s'améliore à la fin de l'histoire suite à l'exécution du plan de Vautrin.

CLÉS DE LECTURE

UN MODÈLE DE ROMAN BALZACIEN

Le Père Goriot est considéré comme un roman très caractéristique de l'écriture balzacienne. En effet, on y retrouve la plupart des ingrédients qui font la particularité de son œuvre :

- **les descriptions**. Le roman commence par une très longue description de l'univers dans lequel il se déroule, à savoir la maison Vauquer, dont chaque recoin est détaillé. Balzac fait intervenir tous les sens dans cette description (vue, odorat, ouïe, toucher), dont le but premier est de donner au lecteur l'illusion qu'il est dans le monde réel. Mais la longueur des descriptions est telle qu'elles créent également l'effet inverse, à savoir celui de rappeler au lecteur qu'il est en train de lire un roman : c'est toute l'ambigüité du projet de Balzac, qui veut reproduire fidèlement le monde réel dans ses écrits, mais qui fait fonctionner ses récits comme un monde autonome ;
- **la narration omnisciente**. La voix qui raconte l'histoire sait tout, peut être en tous lieux à la fois, connait les pensées et les sentiments de chaque personnage, et sait à quel sort chacun est promis. Nous sommes donc dans une narration omnisciente, où le narrateur occupe presque la position d'un dieu, maitre absolu de l'univers qu'il a créé. Ce procédé d'écriture est cependant utilisé de manière complexe dans le roman, puisque le narrateur adopte successivement les points de vue de différents personnages, tout en offrant régulièrement des impres-

sions ou des considérations personnelles ;

- **les personnages**. Une des forces de Balzac est de créer une galerie de personnages saisissants, tous extrêmement bien caractérisés et vivants. Chaque personnage est l'illustration d'un certain profil, le représentant d'un type ou d'une manie. La condition sociale, le caractère, l'apparence physique (considérée comme un reflet de l'âme) de chacun d'eux déterminent leur destin. Balzac construit ainsi une sorte d'observatoire de la nature humaine dans ses différentes déclinaisons ;
- **le retour des personnages**. *Le Père Goriot* est le premier roman au sein duquel Balzac fait resurgir des personnages qui étaient présents dans d'autres de ses romans. Ce procédé deviendra une marque de fabrique de l'auteur. Il permet de donner plus d'épaisseur et de crédibilité au monde créé. D'un roman à l'autre, au fil de leurs apparitions, on voit les personnages évoluer, ce qui donne l'impression qu'ils continuent à vivre leur propre vie une fois les livres refermés ;
- **la description de la société**. Au fil de sa carrière, Balzac s'est fixé pour ambition de décrire, à travers ses romans, toute la société de son temps. Ce projet pharaonique, il l'appelle *La Comédie humaine*. Chacun de ses romans est comme une pierre apportée à cet édifice. *Le Père Goriot* n'échappe pas à la règle, et montre les travers de l'individualisme et du matérialisme de la société précapitaliste du XIXe siècle.

On a reproché à l'auteur une certaine immoralité dans ses récits, le comportement de beaucoup de personnages étant jugé peu convenable. Son originalité était effectivement de montrer le monde tel qu'il le voyait, en ne s'interdisant aucun sujet, quel qu'il soit. Balzac appartient à ce titre au courant littéraire et artistique du réalisme.

UN ROMAN PLURIEL

Une des richesses du *Père Goriot* est d'être un roman multiple, mêlant différents genres, différents personnages et différents lieux.

Les genres

Le roman est à la fois :

- un récit d'initiation, proche également du roman d'aventures ;
- un drame en trois actes, fonctionnant comme une pièce de théâtre. Le premier acte est celui qui vise à exposer la situation (description de l'univers et présentation des personnages), le deuxième acte est constitué d'une multitude d'actions (péripéties vécues par Rastignac, Vautrin et Goriot), et le troisième acte offre le dénouement (mort de Goriot) ;
- une intrigue policière, avec le guet-apens dont se rendent complices Poiret et Mlle Michonneau ;
- un récit aux accents tragiques (la mort du père Goriot), qui fait parfois aussi allusion aux contes de fées (le bal de Mme de Beauséant, où les filles de Goriot portent des robes merveilleuses).

Les personnages

Au centre du roman se trouve un trio de personnages,

chacun vivant ses propres intrigues : Rastignac, Vautrin et le père Goriot. Le narrateur adopte tour à tour le point de vue de ces trois protagonistes, décrivant le monde à travers leurs yeux et rendant compte de leurs préoccupations. Le fil conducteur du roman reste toutefois Rastignac.

Les lieux

Même si l'action se déroule à Paris, la ville se révèle complexe et multiple, et offre des réalités différentes. On y distingue trois univers au moins :

- le faubourg Saint-Germain, domaine de la haute société, du prestige et du luxe ;
- le quartier de la rue d'Artois, où se trouve l'appartement choisi pour Delphine et Rastignac, qui comprend toute la rive droite, domaine des nouveaux riches, de la Bourse, des bourgeois, des commerçants et des financiers ;
- le quartier de la maison Vauquer, entre le Panthéon et le Val-de-Grâce, domaine de la bassesse et de la pauvreté.

UN RÉCIT INITIATIQUE

L'essentiel du roman concerne Eugène de Rastignac, qui en est le véritable personnage principal. On suit ses premiers pas dans le monde parisien et on pose les bases de sa future ascension. Au cours du roman, le personnage reçoit une double éducation :

- **une éducation sociale**. Adroit et intelligent, il parvient rapidement à se servir des armes dont il dispose pour devenir un jeune homme en vue dans le beau monde parisien. Il apprend les codes, les ressorts et les intrigues qui gouvernent cet univers, et parvient à les utiliser à son avantage ;

* **une éducation sentimentale**. À travers la relation que Rastignac noue avec Delphine, il découvre l'amour, d'abord les premiers émois de l'éveil amoureux (lors de leur rencontre à l'opéra), puis la longue période d'excitation du désir, l'assouvissement de la passion et, enfin, la désillusion (à cause de l'attitude de Delphine suite au décès de Goriot).

Rastignac s'endurcit terriblement l'âme durant cet apprentissage de la vie : il perd ses illusions de jeune homme intègre, pour réaliser que l'argent et le pouvoir sont les moteurs du monde. Le roman retrace ainsi le récit de son innocence perdue. D'abord réticent, Rastignac finit par adopter le point de vue de Mme de Beauséant ou de Vautrin, selon lequel il faut oublier sa conscience et ses scrupules si l'on veut réussir. Malgré tout, il ne se résigne pas et choisit de lutter contre la société.

Balzac dresse ainsi un portrait très pessimiste de la société de son temps, où les idéaux finissent presque tous par fléchir face à l'individualisme et à l'appât du gain et du prestige. Tous les personnages possèdent des failles et une part d'ombre, sauf peut-être le médecin Bianchon, qui agit de manière désintéressée lors de la mort de Goriot, et Victorine Taillefer, jeune fille ingénue et pure qui incarne l'innocence.

UN MIROIR LA SOCIÉTÉ DE L'ÉPOQUE

La pension, une société dans la société

Le Père Goriot est la première pierre de l'édifice de la *Comédie
humaine*, un vaste projet de description de la société française de l'époque entrepris par Balzac. Dans cette volonté de
peindre son temps, Balzac a opéré avec minutie.

L'histoire se déroule à une époque de grands bouleverse-
ments sociaux, soit pendant la Restauration (1814-1830) qui
fait suite à la Révolution (1789) et à l'Empire (1804-1814).
Après la promulgation des Droits de l'homme, puis le
libéralisme impérial, la Restauration prône un retour aux
valeurs anciennes comme les privilèges aristocratiques.
Cela ne vient toutefois pas mettre un terme au règne de
l'argent et de la haute bourgeoisie. Le choc entre la vieille
aristocratie et la nouvelle bourgeoise issue du monde des

affaires crée le flou dans la société restaurée. Dès lors, tant la pension que la géographie parisienne traduisent ce contexte social mouvementé.

La pension apparait comme un microcosme social à part. Au sein de cette petite société, chaque étage correspond à un niveau social : plus on monte, moins les revenus sont élevés. Ainsi l'ascension du père Goriot montre la diminution de sa fortune et son déclin. Rastignac, lui, occupe une chambre au troisième étage, juste en dessous de la mansarde où vivent les domestiques. Sa situation traduit son manque d'argent au début de l'histoire. Balzac ne parle d'ailleurs plus d'appartements, mais bien de chambre pour insister sur la pauvreté des lieux.

Dans le même ordre d'idées, les quartiers de Paris distinguent leurs habitants par le simple fait d'y résider. En déménageant, Victorine ou Rastignac change de quartier et marque ainsi leur ascension sociale.

Le statut de la femme au XIXe siècle

Au sein de cette société, le statut des femmes est en train de changer.

En 1789, la Révolution française a vu triompher de nombreuses valeurs telles que l'égalité, la fraternité, la démocratie et les Droits de l'homme. À cette occasion, quelques femmes se sont révélées en participant activement à la réussite de la Révolution.

Dans les premiers temps, on assiste à une émancipation

relative de la femme qui obtient quelques avancées en sa faveur. La Déclaration des droits de l'homme et du citoyen la laisse cependant très vite de côté. Dans la foulée, et pour dénoncer cette injustice, Olympe de Gouges (femme de lettres et publiciste française, 1748 ou 1755-1793) rédige, en 1792, une Déclaration des droits de la femme et de la citoyenne.

Cette audace ne mène pourtant à rien : le Code civil de 1804 scelle le sort des femmes en les déclarant « éternelle[s] mineure[s] », sous la tutelle d'un père ou d'un mari à vie. Les femmes sont ainsi éduquées pour devenir des épouses et des mères, ni plus ni moins.

Dans les paroles de Vautrin résonnent donc celles des hommes de l'époque : « Ô femmes innocentes, malheureuses et persécutées » (chapitre I). Cette vision masculine de la femme comme un être incapable de se débrouiller domine et asservit de nouveau la femme.

Toutes les femmes présentes dans ce roman représentent la condition de la majorité de leurs homologues :

- Victorine Taillefer est privée de ses biens en faveur de son frère par un père inflexible et despotique. Elle représente la femme soumise aux désirs des hommes. Les héritages étaient d'ailleurs souvent destinés aux fils, en priorité, puis aux filles, dans une moindre mesure ;
- Delphine, malheureuse en mariage, est sous le joug de son mari qui tient fermement les cordons de la bourse. Elle n'a aucune indépendance financière puisqu'elle ne peut travailler. Elle essaie pourtant d'échapper à la sujé-

tion conjugale ;

- Anastasie, sa sœur, est elle aussi malheureuse en mariage et ne peut quitter son époux. Le divorce est interdit pour les femmes, alors que les hommes ont le droit de renier leur épouse si celle-ci ne leur donne pas d'enfant par exemple ;
- Mlle Michonneau est raillée par toute la pension à cause de son célibat. Les femmes doivent en effet vivre avec un homme (avec un père d'abord, puis un mari). Les veuves et les célibataires ne mènent pas une vie jugée respectable ;
- Mme de Beauséant, quant à elle, remplit parfaitement les fonctions d'une femme de son époque. Elle tient sa maison, reçoit et organise des soirées. Elle quittera pourtant le monde parisien qui ne lui convient plus, après une déception amoureuse.

Chacune essaie malgré tout, à sa manière, de conjurer le sort qui lui est réservé ce qui est annonciateur d'un changement : le mouvement féministe commence à se former. La fin du XIXe siècle verra l'éclosion du mouvement, et le XXe, son épanouissement.

Le bestiaire

Le texte de Balzac fourmille de comparaisons, métaphores et assimilations au monde animal. Aussi, pour illustrer le plus justement les caractères et attitudes des différents personnages, l'auteur omniscient les décrit comme des animaux. Des loups, des chiens, des oiseaux, etc., peuplent la société de l'époque.

La comtesse Anastasie de Restaud est par exemple décrite

comme un « cheval de pur sang » (chapitre I). Cette image flatte la beauté et la prestance de cette jeune femme, tout en faisant allusion à son entrée dans la noblesse. Ce clin d'œil peut traduire l'ironie et l'hypocrisie de l'époque qui fait et défait les personnes à sa guise. Un simple mariage permet de s'élever dans les plus hautes sphères de la société et d'y être respecté, mais rien n'empêche la chute... C'est probablement l'une des raisons qui pousse Anastasie à rompre les liens avec son père, pour sauver les apparences.

Delphine est, quant à elle, « svelte, fine comme une hirondelle » pour le Rastignac qui tombe sous le charme lors de leur première rencontre (chapitre II). Victorine est un personnage profondément bon qui continue d'aimer un père qui accepte à peine de la rencontrer. Sa tristesse est traduite en un flot de douces paroles, semblable au « chant du ramier blessé » (chapitre I).

M. Poiret « semblait avoir été l'un des ânes de notre grand moulin social, l'un de ces Ratons parisiens qui ne connaissent même pas leurs Bertrands » (chapitre I). Ici, les comparaisons ne sont clairement pas flatteuses pour cet homme qui n'attire apparemment pas la sympathie. Le lecteur partage dès cet instant ce point de vue. Notons les mentions de « Ratons » et « Bertrands » qui constituent une allusion à la fable de La Fontaine (poète français, 1621-1695), *Le Singe et le Chat*, dans laquelle Raton travaille pour Bertrand.

LA THÉMATIQUE DE LA PATERNITÉ

Le thème de la paternité, déjà évoqué en amont, occupe une place essentielle dans *Le Père Goriot*. Le titre même du roman est évocateur : le mot « père » en fait partie.

La paternité est ici vue dans toute sa complexité et ses multiples facettes. Le jeune Rastignac est en quête de modèles, d'exemples à suivre dans un monde inconnu. Quatre hommes l'aideront à se façonner une image de la paternité. Deux ne sont qu'esquissés …

- Le père biologique d'Eugène de Rastignac est presque absent du roman. Seules quelques allusions sont faites à ce personnage, mais il n'est jamais décrit. Cet homme est quelqu'un d'assez pauvre malgré son rang social (l'aristocratie). Les espoirs de toute la famille reposent d'ailleurs sur les épaules d'Eugène, et non sur celles de son père (comme on pourrait le penser).
- Le père de Victorine Taillefer est, quant à lui, l'exemple parfait du père indigne, à l'exact opposé du père Goriot. Il pense d'abord à son argent et à la pérennité de son entreprise (via son fils). Sa fille n'a aucune importance à ses yeux : il ne la reconnait même pas et lui fournit un rente annuelle ridicule.

… tandis que les deux autres sont vus comme plus importants :

- Le père Goriot a une conception de la paternité qui lui est propre : il se compare même à Dieu.

> « Quand j'ai été père, j'ai compris Dieu. Il est tout entier partout, puisque la création est sortie de lui. [...] je suis ainsi avec mes filles. Seulement j'aime mieux mes filles que Dieu n'aime le monde, parce que le monde n'est pas si beau que

Dieu, et que mes filles sont plus belles que moi. » (chapitre II)

Il est prêt à mourir pour ses filles. Le simple fait de les savoir heureuses suffit à son propre bonheur : il n'aura jamais l'air plus heureux que lorsqu'il écoute Rastignac raconter ses rencontres avec Anastasie et Delphine. Lui qui avait connu le faste et le luxe y renonce sans sourciller. Il n'hésite pas non plus à sacrifier ses souvenirs les plus chers alors même qu'il pensait mourir avec. Il finit d'ailleurs sa vie dans le dénouement le plus total, abandonné par ses chères filles auxquelles il trouve des excuses même sur son lit de mort. Cette figure paternelle est celle de l'excès d'amour, d'un amour au-delà du raisonnable qui le précipite dans les bras de la mort.

• Vautrin remplit lui le rôle du père lucide. Il a en effet compris toutes les ficelles qui gouvernent le monde (principalement l'intérêt personnel et l'argent). Rastignac se rend d'ailleurs compte que le monde qu'il décrit est le même que celui exposé par Mme de Beauséant : « Il m'a dit crûment ce que Mme de Beauséant me disait en y mettant des formes. » (chapitre II) Ce père se révèle malgré tout amoral en cherchant à corrompre le jeune Rastignac.

Entre ces figures, Rastignac fait la synthèse (le « sublime » du père Goriot dans son sacrifice paternel et le regard éclairé de Vautrin, « [il] a raison, la fortune est la vertu ! »). L'arrestation de ce dernier est également un enseignement pour le jeune homme : tous les moyens ne sont pas forcément bons. Au fond, ces hommes lui ont appris à bannir les sentiments de son raisonnement pour se préserver et évoluer dans la société de son époque, un enseignement confirmé par Mme de Beauséant.

PISTES DE RÉFLEXION

QUELQUES QUESTIONS POUR APPROFONDIR SA RÉFLEXION...

- Quels sont les éléments qui permettent de classer le roman dans le courant du réalisme ?
- Quels sont les grands traits du roman balzacien que l'on retrouve dans *Le Père Goriot* ?
- *Le Père Goriot* est considéré comme un roman pluriel. À quels genres romanesques peut-il être associé ?
- Effectuez une recherche sur la notion de mise en abyme. Repérez-en une dans le roman et expliquez-la. Développez et justifiez votre réponse en vous basant sur les résultats de votre recherche.
- En quoi le roman peut-il être qualifié de récit initiatique ?
- Rastignac peut-il être considéré comme un héros positif ? Justifiez votre réponse à l'aide d'exemples précis.
- Comparez les descriptions de Vautrin et de Rastignac. En quoi leurs caractéristiques physiques sont-elles significatives ?
- Bien qu'étant une œuvre fictive, le roman peut servir de source documentaire et historique. Pourquoi ? Quel type d'information peut-on en extraire ?
- En quoi pourrait-on rapprocher *Le Père Goriot* de *Hernani* de Victor Hugo (écrivain français, 1802-1885) ?
- Le récit du père Goriot est-il encore d'actualité à notre époque ? Que faudrait-il modifier dans l'histoire pour l'inscrire dans le contexte actuel ? Justifiez votre réponse.

Votre avis nous intéresse !
Laissez un commentaire sur le site de votre librairie en ligne
et partagez vos coups de cœur sur les réseaux sociaux !

POUR ALLER PLUS LOIN

ÉDITIONS DE RÉFÉRENCE

- BALZAC H. de, *Le Père Goriot*, Paris, Larousse, coll. « Petits classiques Larousse », 2007.
- BALZAC H. de, *La Comédie humaine*, Paris, Gallimard, coll. « La Pléiade », 1999.

ÉTUDES DE RÉFÉRENCE

- ALSHAMMARI R., *La critique réaliste de Flaubert et Maupassant sur la situation de la femme à travers les personnages d'Emma et de Jeannen*, s.l., Liköbing universiteit, 2013.
- GUICHARDET J., *Le Père Goriot d'Honoré de Balzac*, Paris, Gallimard, coll. « Foliothèque », 1993.
- RIPA Y., *Les femmes actrice de l'Histoire. France, de 1789 à nos jours*, Paris, Armand Collin, coll. « Campus/Histoire », 2002.

ADAPTATIONS

- *Le Père Goriot*, film de Robert Vernay, avec Pierre Larquey, George Rollin, Claude Génia et Pierre Renoir, France, 1945.
- *Le Père Goriot*, téléfilm de Guy Jorré, avec Charles Vanel, Bruno Garcin, Monique Nevers et Roger Jacquet, France, 1972.
- *Le Père Goriot*, téléfilm de Jean-Daniel Verhaeghe, avec Charles Aznavour, Malik Zidi, Florence Darel et Tcheky

Karyo, France, Roumanie et Belgique, 2004.

SUR LEPETITLITTÉRAIRE.FR

- Commentaire portant sur l'incipit du *Père Goriot* d'Honoré de Balzac.
- Commentaire portant sur le dénouement du *Colonel Chabert* d'Honoré de Balzac.
- Commentaire portant sur le portrait du père Grandet apparaissant dans *Eugénie Grandet* d'Honoré de Balzac.
- Fiche de lecture sur *Eugénie Grandet*.
- Fiche de lecture sur *Ferragus* d'Honoré de Balzac.
- Fiche de lecture sur *les Illusions perdues* d'Honoré de Balzac.
- Fiche de lecture sur *L'Élixir de longue vie* d'Honoré de Balzac.
- Fiche de lecture sur *La Cousine Bette* d'Honoré de Balzac.
- Fiche de lecture sur *La Duchesse de Langeais* d'Honoré de Balzac.
- Fiche de lecture sur *La Femme de trente ans* d'Honoré de Balzac.
- Fiche de lecture sur *La Fille aux yeux d'or* d'Honoré de Balzac.
- Fiche de lecture sur *La Peau de chagrin* d'Honoré de Balzac.
- Fiche de lecture sur *Le Bal de Sceaux* d'Honoré de Balzac.
- Fiche de lecture sur *Le Chef-d'œuvre inconnu* d'Honoré de Balzac.
- Fiche de lecture sur *Le Colonel Chabert*.
- Fiche de lecture sur *Le Lys dans la vallée* d'Honoré de Balzac.
- Fiche de lecture sur *Les Chouans* d'Honoré de Balzac.

- Fiche de lecture sur *Sarrasine* d'Honoré de Balzac.
- Questionnaire de lecture sur *Le Père Goriot.*
- Questionnaire de lecture sur *Le Colonel Chabert.*
- Questionnaire de lecture sur *Eugénie Grandet.*
- Questionnaire de lecture sur *Le Chef-d'œuvre inconnu.*

www.lepetitlitteraire.fr

ISBN version numérique : 978-2-8062-1828-5
ISBN version papier : 978-2-8062-1336-5
Dépôt légal : D/2013/12603/178

Avec la collaboration de Florence Balthasar pour les chapitres suivants : l'analyse des personnages « Mme de Beauséant », « Anastasie de Restaud » et « Victorine Taillefer », ainsi que les chapitres « Un miroir de la société de l'époque » et « La thématique de la paternité ».

Conception numérique : Primento, le partenaire numérique des éditeurs.

Ce titre a été réalisé avec le soutien de la Fédération Wallonie-Bruxelles, Service général des Lettres et du Livre.

Retrouvez notre offre complète sur lePetitLittéraire.fr

- des fiches de lectures
- des commentaires littéraires
- des questionnaires de lecture
- des résumés

ANOUILH
- Antigone

AUSTEN
- Orgueil et Préjugés

BALZAC
- Eugénie Grandet
- Le Père Goriot
- Illusions perdues

BARJAVEL
- La Nuit des temps

BEAUMARCHAIS
- Le Mariage de Figaro

BECKETT
- En attendant Godot

BRETON
- Nadja

CAMUS
- La Peste
- Les Justes
- L'Étranger

CARRÈRE
- Limonov

CÉLINE
- Voyage au bout de la nuit

CERVANTÈS
- Don Quichotte de la Manche

CHATEAUBRIAND
- Mémoires d'outre-tombe

CHODERLOS DE LACLOS
- Les Liaisons dangereuses

CHRÉTIEN DE TROYES
- Yvain ou le Chevalier au lion

CHRISTIE
- Dix Petits Nègres

CLAUDEL
- La Petite Fille de Monsieur Linh
- Le Rapport de Brodeck

COELHO
- L'Alchimiste

CONAN DOYLE
- Le Chien des Baskerville

DAI SIJIE
- Balzac et la Petite Tailleuse chinoise

DE GAULLE
- Mémoires de guerre III. Le Salut. 1944-1946

DE VIGAN
- No et moi

DICKER
- La Vérité sur l'affaire Harry Quebert

DIDEROT
- Supplément au Voyage de Bougainville

DUMAS
• Les Trois
  Mousquetaires

ÉNARD
• Parlez-leur
  de batailles,
  de rois et
  d'éléphants

FERRARI
• Le Sermon sur la
  chute de Rome

FLAUBERT
• Madame Bovary

FRANK
• Journal
  d'Anne Frank

FRED VARGAS
• Pars vite et
  reviens tard

GARY
• La Vie devant soi

GAUDÉ
• La Mort du
  roi Tsongor
• Le Soleil des
  Scorta

GAUTIER
• La Morte
  amoureuse
• Le Capitaine
  Fracasse

GAVALDA
• 35 kilos d'espoir

GIDE
• Les
  Faux-Monnayeurs

GIONO
• Le Grand
  Troupeau
• Le Hussard
  sur le toit

GIRAUDOUX
• La guerre de
  Troie
  n'aura pas lieu

GOLDING
• Sa Majesté des
  Mouches

GRIMBERT
• Un secret

HEMINGWAY
• Le Vieil Homme
  et la Mer

HESSEL
• Indignez-vous !

HOMÈRE
• L'Odyssée

HUGO
• Le Dernier Jour
  d'un condamné
• Les Misérables
• Notre-Dame
  de Paris

HUXLEY
• Le Meilleur
  des mondes

IONESCO
• Rhinocéros
• La Cantatrice
  chauve

JARY
• Ubu roi

JENNI
• L'Art français
  de la guerre

JOFFO
• Un sac de billes

KAFKA
• La Métamorphose

KEROUAC
• Sur la route

KESSEL
• Le Lion

LARSSON
• Millenium I. Les
  hommes qui
  n'aimaient pas
  les femmes

LE CLÉZIO
• Mondo

LEVI
• Si c'est un
  homme

LEVY
• Et si c'était vrai…

MAALOUF
• Léon l'Africain

MALRAUX
- La Condition humaine

MARIVAUX
- La Double Inconstance
- Le Jeu de l'amour et du hasard

MARTINEZ
- Du domaine des murmures

MAUPASSANT
- Boule de suif
- Le Horla
- Une vie

MAURIAC
- Le Nœud de vipères

MAURIAC
- Le Sagouin

MÉRIMÉE
- Tamango
- Colomba

MERLE
- La mort est mon métier

MOLIÈRE
- Le Misanthrope
- L'Avare
- Le Bourgeois gentilhomme

MONTAIGNE
- Essais

MORPURGO
- Le Roi Arthur

MUSSET
- Lorenzaccio

MUSSO
- Que serais-je sans toi ?

NOTHOMB
- Stupeur et Tremblements

ORWELL
- La Ferme des animaux
- 1984

PAGNOL
- La Gloire de mon père

PANCOL
- Les Yeux jaunes des crocodiles

PASCAL
- Pensées

PENNAC
- Au bonheur des ogres

POE
- La Chute de la maison Usher

PROUST
- Du côté de chez Swann

QUENEAU
- Zazie dans le métro

QUIGNARD
- Tous les matins du monde

RABELAIS
- Gargantua

RACINE
- Andromaque
- Britannicus
- Phèdre

ROUSSEAU
- Confessions

ROSTAND
- Cyrano de Bergerac

ROWLING
- Harry Potter à l'école des sorciers

SAINT-EXUPÉRY
- Le Petit Prince
- Vol de nuit

SARTRE
- Huis clos
- La Nausée
- Les Mouches

SCHLINK
- Le Liseur

SCHMITT
- La Part de l'autre
- Oscar et la
  Dame rose

SEPULVEDA
- Le Vieux qui
  lisait des romans
  d'amour

SHAKESPEARE
- Roméo et Juliette

SIMENON
- Le Chien jaune

STEEMAN
- L'Assassin
  habite au 21

STEINBECK
- Des souris et
  des hommes

STENDHAL
- Le Rouge et
  le Noir

STEVENSON
- L'Île au trésor

SÜSKIND
- Le Parfum

TOLSTOÏ
- Anna Karénine

TOURNIER
- Vendredi ou
  la Vie sauvage

TOUSSAINT
- Fuir

UHLMAN
- L'Ami retrouvé

VERNE
- Le Tour
  du monde
  en 80 jours
- Vingt mille
  lieues sous
  les mers
- Voyage au
  centre de
  la terre

VIAN
- L'Écume des jours

VOLTAIRE
- Candide

WELLS
- La Guerre des
  mondes

YOURCENAR
- Mémoires
  d'Hadrien

ZOLA
- Au bonheur
  des dames
- L'Assommoir
- Germinal

ZWEIG
- Le Joueur
  d'échecs